Nota para los padres y encargados:

Los libros de *Read-it! Readers* son para niños que se inician en el maravilloso camino de la lectura. Estos hermosos libros fomentan la adquisición de destrezas de lectura y el amor a los libros.

 El NIVEL MORADO presenta temas y objetos básicos con palabras de alta frecuencia y patrones de lenguaje sencillos.

 El NIVEL ROJO presenta temas conocidos con palabras comunes y oraciones de patrones repetitivos.

 El NIVEL AZUL presenta nuevas ideas con un vocabulario más amplio y una estructura gramatical más variada.

 El NIVEL AMARILLO presenta ideas más elevadas, un vocabulario extenso y una amplia variedad en la estructura de las oraciones.

 El NIVEL VERDE presenta ideas más complejas, un vocabulario más variado y estructuras del lenguaje más extensas.

 El NIVEL ANARANJADO presenta una amplia de ideas y conceptos con vocabulario más elevado y estructuras gramaticales complejas.

Al leerle un libro a su pequeño, hágalo con calma y pause a menudo para hablar acerca de las ilustraciones. Pídale que pase las páginas y que señale los dibujos y las palabras conocidas. No olvide volverle a leer los cuentos o las partes de los cuentos que más le gusten.

No hay una forma correcta o incorrecta de compartir un libro con los niños. Saque el tiempo para leer con su niña o niño y transmítale así el legado de la lectura.

Adria F. Klein, Ph.D.
Profesora emérita, California State University
San Bernardino, California

Managing Editor: Catherine Neitge
Creative Director: Terri Foley
Editor: Patricia Stockland
Designer: Jaime Martens
Page production: Picture Window Books
The illustrations in this book were created digitally.
Translation and page production: Spanish Educational Publishing, Ltd.
Spanish project management: Jennifer Gillis/Haw River Editorial

Picture Window Books
5115 Excelsior Boulevard
Suite 232
Minneapolis, MN 55416
877-845-8392
www.picturewindowbooks.com

Printed in the United States of America.

Library of Congress Cataloging-in-Publication Data
Rau, Dana Meachen, 1971-
[Tired of waiting. Spanish]
Cansada de esperar / por Dana Meachen Rau ; ilustrado por Brad Fitzpatrick; traducción,
Carlos Ruiz.
p. cm. — (Read-it! readers)
Summary: A child thinks of ways to have fun while waiting for the bus, at the doctor's
office, and at other boring times during the day.
ISBN 1-4048-1695-X (hardcover)
[1. Boredom—Fiction. 2. Spanish language materials.] I. Fitzpatrick, Brad, ill.
II. Ruiz, Carlos, 1949- III. Title. IV. Series.

PZ73.R287 2005
[E]—dc22   2005024968

Cansada de esperar

por Dana Meachen Rau

ilustrado por Brad Fitzpatrick

Traducción: Carlos Ruiz

Con agradecimientos especiales a nuestras asesoras:

Adria F. Klein, Ph.D.
Profesora emérita, California State University
San Bernardino, California

Kathy Baxter, M.A.
Ex Coordinadora de Servicios Infantiles
Anoka County (Minnesota) Library

Susan Kesselring, M.A.
Alfabetizadora
Rosemount-Apple Valley-Eagan (Minnesota) School District

PICTURE WINDOW BOOKS
Minneapolis, Minnesota

¡Estoy cansada de esperar!

Espero el autobús.

Espero mientras mi mamá

compra manzanas.

Espero en el
consultorio.

Espero mientras compramos ropa.

Espero mi comida en la mesa.

¡Estoy cansada de esperar!

17

Se me ocurre algo
mientras espero.

Puedo cantar canciones
en la parada del autobús.

Puedo contar colores
en la tienda.

Puedo bailar

en el consultorio.

Puedo cazar animales

en la tienda de ropa.

27

Puedo hacer un dibujo
de cado uno en la mesa.

Esperar puede ser divertido.

31

Más *Read-it! Readers*

Con ilustraciones vívidas y cuentos divertidos da gusto practicar la lectura. Busca más libros a tu nivel.

FICCIÓN

Bess y Tess	1-4048-1689-5
El cuadro de Mary	1-4048-1649-6
Un cuarto para dos	1-4048-1694-1
Dan pone la mesa	1-4048-1682-8
De pesca	1-4048-1684-4
Juanita juega	1-4048-1652-6
El lugar de Luis	1-4048-1688-7
El mejor futbolista	1-4048-1690-9
Mudanza	1-4048-1686-0
El primer día	1-4048-1627-5
Pruébalo	1-4048-1692-5

Acampar	1-4048-1681-X
La carta de Paula	1-4048-1687-9
Eric no juega	1-4048-1683-6
Fito y el pito	1-4048-1691-7
Meg sale a pasear	1-4048-1685-2
Vamos a compartir	1-4048-1693-3

¿Buscas un título o un nivel específico? La lista completa de *Read-it! Readers* está en nuestro Web site: *www.picturewindowbooks.com*